僑吳集

七

碑誌　　遂昌鄭元祐明德著

忠孝感惠顯聖王廟碑

孝莫大於雪父讎忠莫大乎以死諫能養志者孝矣而忠未之聞能尸諫者忠矣而孝莫之顯故兼全忠孝者自有昔以為難至於王者而忠孝全節照映千古論者謂王脫身不死所以為父至其捐身必死所以為君若夫求忠臣於孝子之門則王是也故迄于今幾二千年不特焜燿史牒與夫廟食不毀至於樵童牧竪亦莫不知王之為烈也夫吳自泰伯以來隱約荆蠻謂其城邑不過三里而緩民畊耨其閒則文身斷髮自同俚俗黿鼉與渚不異蠻民及王身事闔閭君臣志合廼擴其小而大是圖屏其陋而明是向於是為之築城郭建宮室實府庫厲兵戎

使吳自拔於蠻夷而盟會於上國者大抵皆王之功也于後吳雖盡入於越而吳人思王不忘於是建廟於盤門東城之西隅宋建中靖國時蔡京為之記謂圖經與州縣祝版皆謂双廟一為永昌武定王一為福順賢德王若邦人與學士大夫自昔相傳則皆以為子胥廟所謂福順則常州陳烈帝異代異邦而吳人所以祀烈帝者當吳越錢氏有國時崇報之請也若王忠孝絛然自宜專祀故唐贈右相狄文惠公持節巡撫江南棄燬淫祠小廟千七百所獨存夏禹泰伯延陵季子并王四廟而已夫王德化自後漢太守麋豹按行境內其功曹唐景曰處家無不孝之子在朝無不忠之臣藹乎其言莫之尚也皇元大德三年王嘗顯靈以止浙江之怒潮於是　國朝推贈今王爵至正十二年廉訪僉事遼東李公書吏絳州歷臣巡按吳下力為吳民

繕完城郭已而御史臺檄專以築城事諉之庸田僉事浚儀馬
公二公念爲吳建邦啓土首築城池者王之功莫大焉今重築
於二千載之後大工大役必祈神祐庶幾旨雨颶風不爲之害
待畢日當爲王重建廟貌以爲神庥之報今城果完廟不可不
作也乃作王新廟於胥門之上按郡乘昔王嘗宅於其傍故城
門所繇名夫王之英靈且將與三光五嶽之氣併爲久遠則於
助順福國何間遠近而况於王之故宅與王之故國也哉廟成
廼爲迎享送神之詩以落之詩曰胥門峩峩新廟攸作神顧茲邦
昔我是擴雲旗徘徊下寥廓兮神宮肇啓殽醑醲美神其顧歆
醉飽以喜民安盜弭降福祉兮神之歸兮躡層雲山巔巔兮水沄沄
金支孔蓋光繽紛素車白馬還天闕年登穀稔兮神賜者侈樂
神無窮兮自今以始李公名善字仲善馬公名忠字元臣監郡
則六十公字子約郡太守高公名履字德基

重建岳鄂王忠烈廟碑

故宋贈太師忠武岳鄂王起卒伍至將帥其謀審戰勝規模施
設雖古名將不是過一時渡南諸帥臣不論也而高宗昏孱竟
斃之於權奸之手逮今二百餘年矣雖童兒婦女槩知王之爲
烈也孝宗嗣位禮葬王父子於西湖之北山以舊廢智果觀音
院賜額曰褒忠衍福禪寺錫之土田所以褒贈之者無不備然
其褒度盖甚略視張浚楊沂中墳墓裁十之二三耳嘗謂宋百
度修理獨武勇將帥之臣不及漢唐幸而王出支宋運中衰克
復舊物以雪不與共戴天之讎頭庸君自委宗社之靈輿圖之
廣忍父兄不世之讎而甘爲怨仇之臣子於是王抱恨以殁宋
社既墟王墳與寺亦廢王子孫在江州者嘗與義興岳氏通

譜合其力以起廢墳與寺既復完父王踬屬有為僧者盡撤寺
所有粥諸人不惟王墳洒掃缺弛至於廟貌一切委地行道之
人至或泣下會武昌李君全初以承事郎來為杭州路總管府
經歷每過王墓道必瞻望咨嗟思所以興復於既壞之後而杭
之人力可為者於義不屑為見義勇為者力或不足為李君籌
於衆得一人焉王華甫華甫素服君之清強承命唯謹於是市
材鳩工外為廟門翼以兩廡中作正寢後作王燕寢且葺褒忠
寺於廟之後山今淅西憲司王故第也舊藏王繪像憲司出王
像正寢中像王右像王之子佐武大夫忠州防禦使左像王之
婿龍神衛四廂都指揮使閬州觀察使燕寢中像王父母暨王
夫人咸在焉王故五子忠州君既侑食正寢矣其次任忠州訓
郎閤門祇候贈武畧郎次任朝請大夫敷文閣待制贈中大夫
次任朝奉大夫提舉江南東路常平事又其次任修武郎閤門
祇候以及王之女號銀瓶娘子者并閬州君之夫人與夫王諸
孫名位通顯者皆肖像以祀焉王部曲諸將舊繪于壁今仍舊
制廟成守土吏一再致祭杭父老率其子弟瞻拜王廟貌有感
而歎曰杭内附幾七十年其任幕府長盖不知幾人矣視王廟
貌墳寺頹毁蕪穢漠然無一動其心者今李君乃獨經營一新
自非忠義契心千古一致其能若是乎衆圖昭示李君之艱勤
與王祠廟並久而弗墜又為迎享送神之詩併刻之石詩曰
墓木陰墓道深作新廟墓之南神來臨兮新廟作槃枅桷王父
子儼冠服颯風馭下寥廓神來格兮枋田腴歲有儲牲醴肥酒
飶昇神來歆兮神醉止錫壽喜儇享王終復始神降祉兮球璧
陳跪跽頻徽俟福更千春儇送神子

前平江路總管道童公去思碑　代貢推官作

皇帝即位之二年思繩祖武復改至元上顧念萬方惟東南富庶為天下最若吳之賦入則又為東南最於是以通議大夫信州路總管高昌道童公来為平江平江土壤雖沃腴而頻年暵潦民氣破傷重以貪殘侵牟賫出無藝舊號熏并而以財雄吳下者數年来困於誅求殫於掊剋至蕩析奔潰父子兄弟不相保公至吳之明年夏大旱公宿公署屏酒肉恐懼修省祈哀百神吳當南北衝送迎謁候無虛日公晝盡人事夜乘單舸或單騎蓋暴露奔走以請羣望雨以時澍而積陰以風稲用虛秕公曰吳民困久矣茲歲又大侵使重掊民椎骨肌瀝髓腦亦無不聽命然豈　聖天子選以牧守以字其民之謂哉屬邑以菑狀聞公遣僚屬出覆畝戒之曰民為國家赤子今誠飢虛為之父母者不聽其飢啼而其飢啼謂之誑父母之於子固若是乎今若遽畝必以實聞時廉訪使者孫丂公按部吳下聞公言是之及使者身出覆畝所在菑狀無少不讐吳多四方寓公喜持量短長往時郡守至必伏謁其門日聽其所言少咈意輒搆飛語扇禍福公至吳則曰頎已無少徇何卹乎人言一切繩之以法僑居者往往不堪遂身至京邑言公妄以歲凶誑朝廷事聞乃遣近臣御史乘傳南下鞫究虛實時公已陞江淮等處財賦都總管府達魯花赤財賦府治臨安公與吳之僚屬皆逮至檇李近臣御史評詰公則其所言皆妄於是朝廷罪言者而公復還臨安三吳之民手額南望拜公言曰儂等困瘁久矣今實歲侵儂飢使公厚自顧惜不以實聞則儂等何從生活哉其間欲以害公而併及吾儂者自非公清彊之實有以孚于人人則何以能感

[illegible]之一端也官以備[illegible]從也而者利取錢財官吏[illegible]
公筵宴既寡亦不徵斂過客吏俸始獲又其稅各官卒使率多
猶懸少年公先遂其聽事卒餘多望風避去郡用物和雇和買
官償其直動經歲年公至物裁入官鈔即償民大便之郡為三
吳腹江湖海相通貫公弭盜有方為政野無狗鷙之盜公化所
被也以至於瀕海軍船給驛舟騎郡庠之養士粒米郊野之勸
課農桑與夫鈔庫泉貨軍士器甲凡經郡守所按治者在它人
一事已足書若公之惠吳民者其大者百世不能忘也故其餘
皆略而不書若夫田野墾闢流徙復業姦詭逋逃良民其執事
皆具憲臣薦章又皆略而不必屢書夫今官於其土者其去也
率多樹碑頌德美及夫深究其實則多謟諛溢辭豈若予言所
紀錄者為目所親擊也近臣所鞫問者予身所親逮也然則民
所稱頌公者非獨詞而溢美辭可知已公世[illegible]
僚奉直殿者初命宣授承直郎中書省舍人一再為監察御史比
三僉廣東山南廉訪司事及今之為平江也凡十有三命於朝
矣歷官不為不多練事不為不精然公家甚貧至無方田以耕
無區宅以居其為平江也嘗游崑山會去圖而瓊瑤璧無所不
有而公一無所取斯可謂烈丈夫矣宜乎其民思之不忘於是
為之銘詩使鑱之石其民之沾涵公之厚德者歌之有所興起
也詩曰東吳耽耽啓土之賁擇金畫市闈頫北南投身司寇意佀
所甘六十年間民敝代有誰如我公有則有守持官持身其方
糾蠹之泰山巖巖其石萬國具瞻威稜是式莫徵雷霆奮其判[illegible]
公來東吳金晶玉潔試以太阿不缺則折公思在吳以日以月
日月照臨猶有晦缺公恩在吳億年猶後公去而思民罔或違

日月照臨猶有果毅公思永在吳隨年終於公未老田思民國思遙
公東東吳金晶玉潔猶以太阿不抹則在公思在吳以日以民
紘平譽之泰山華嶽其不萬國具瞻廢棲吳之士尊奉聲道語非以旌
所甲六十年間民牧之有誠如公者則有守持方持身與其
也詩曰東吳既治士之食饋金書市國頑北面故身也陷意乃
為之銘詩使鑲之石其民之治適公之厚德者與之有所興廢
有而公一無所取其心思詢識丈夫夫宜乎其民思之不忘於是
無國宮之以居其為心千百之言詳識書圖而繳縣無所以不
矣歷宮不為不多棟事不為不精然公淡其節廉至無方田以耕
三爲廣東山南廉訪回事及今之為平江也凡十有三命於朝
爆直殿者向命宣教論直路中書省舍人一再為監察御史以
所稱頌公者非答語而漏美辭所可知已公由是以高昌學族由
況錄者為曰民覽擊也近臣所輯問者千乎所載誠也無則民
牽合插碑頌德美而夫深究其實則多諛詞溢辭豈若于言所
皆具實民廢意又皆易書而不必書夫今吉於其士者其去也
皆略而不書若夫田野疆圍之豐除農業之教諸逋負其抗事
一事已足書若公之惠於民者其大者有也不能悉也故其餘
課農桑興夫役工築順軍士器甲凡經郡守所持治者在所入
祇也以至於海運軍船鹽南郡府之養士米糧好野之務公所
吳賑江湖相通貫公斛塩有古為政野行無獨所以道公乃為三
官讀其直勸遂成年公至治教入官總印讀民大便之郡為三
褶為之年公未逐其職事卒辭之望風迎去郡用獨和買
公謹寬厚事不緩學過容東奉公撰入其於今官卒使率多
也以一說也官以奉恭藏之也而藉甜體多東壁古民給

公始来時民拜收守公既活我如親父毋中更豺虎角崩我首
事昧而章益思我公我公不来我淚盈眶徒戴公恩以死以生
我死有子子死有孫子孫億年公恩長存樹石道傍以告来者
我思公恩豈其自我善法我公誰云不可

前海道都漕運萬户大名邉公遺愛碑

國家以天眷錫福爲萬祀無窮之丕基故中外之臣膺慎選蒙
厚任亦必清慎端重維持調護上知欽承天心下知愛養民命
庶乎同心同德均固福祉不則何以扶隆平佐休運令夫海天
下之至險也而國家歲漕東南粟繇海達直沽自非天佑休顯
淵〻川后効職致命則何以必其無虞也哉京畿之大臣民之
衆梯山航海雲湧霧合輳聚輦轂之下者開口待哺以仰海運
于今六七十年矣國家以其事大任重於是開漕府平江而漕

臣之選尤難其人淸特自守者隘渾厚不遷者迂任者或傷於
刻激能者或缺於廉隅茲四者求盡人事尚未可而況於出布
皇靈以當大任以培休福哉元統元年　天子南面思得漕臣
以分顧憂於是輟吏部侍郎大名邉公出爲海道都漕運萬户
佩之三珠黄金符乘傳至吳下公曰海峤領激民生雖殊其出
以給公上義也至於樂生畏死則皆天性然也今滄海漕輓所
謂船户者國家雖捐金以雇募之謂之水脚錢然聞之萬斛巨
艦崔嵬如山勢非不高且大也遇風濤作時掀舞下上若墜重
雲墜重淵不啻揚一葉於振風耳當此时吁神明以救死瞬息
自非天朝厚福則雖勇力機智超世絶倫槩皆無所施直拱手
帖耳以待葬鯨腹其險若此而赤子歲春夏兩運冒萬死不顧
一生亦可念已予承明命来爲漕民父母忍不思所以裕養之

蘇息之也哉先是江浙行省降散水脚錢貯之平江官庫方俵于時怱遽急追鈔多不堪用鈔貫或不足漕民病之公移文本司躬至庫盤勒檢視於是鈔無不堪用與不足之患民便之猾徒詐增新造船謂之補置吏相與並緣而舊船户虧元額與夫歲附運香糯并財賦粮罷困之家不得與而其利歲為富完漕民所掩有公設法為之防使水脚之利溥被於強弱高下仍令探籌自取而吏不容其奸漕海轉輸古無有宜有尸冥權於冲漠者於是建靈濟宮祠天妃祭秩視海嶽有加每粮船遇風舟之人望拜哀號必睹神燈降舟之桅樓其靈迹章如是故所在祠祭惟謹而在吳為尤著太倉之周涇靈濟宮尤大每春夏運行省官躬率漕吏守土吏大祭祠下必慎選穀旦而卜之得吉卜舟乃敢動而豪民至侵占宮之防廩水溝而屋之累數政莫

之問公撤溝上屋而宮始大完祭畢靈濟宮官吏因讌饗什器辦集皆出於坊正畢皆散去奴卒旁午攘竊公獨坐不動瞀視盡取什器乃出推公愛民之心形見於酒酣燕散邀然不干已之際顧能若此宜其於漕民無不盡其情焉若夫舟大糧少而舟中百須無一可缺者公則命併運起發以至於民舊造船則以民姓名號其舡歷年滋深遂令子冒父諱孫冒祖諱公一一為正其名凡若此類公為漕民曲盡其情者皆可推見也故公臨漕府三四年間漕政無不脩漕民無不悅民心和於下神心感於上於是海無惡風漕運直沽群艦畢集一無驚虞天人祐助所謂維持調護均固福祉於無窮者豈不信哉公仕宦垂四十年廉介之操清慎之實不惟衆所推公而公亦以此自信之篤也故公之貴而能貧約而能守推此言之非覆之有素持之有

道其能若是哉公代之明年夏運秤風怒雨船多覆溺漕民思公善政遺愛自非形之善頌勒之金石何以章示永久垂之無窮於是為之頌使鑱諸石頌曰　稽昔漢史如何君公方在職時無赫赫功及其既去民思不忘譬彼桔槔雨時奚庸捲水旱田功莫與京公來漕府既章國程填以惠安號以顯明漕民戴公以保其生千艘林林萬檣蓬蓬轉海北上南來其風天吳潛鱗飢鯨帖首篙師下碇仰瞻北斗以達直沽神京用飽萬井炊烟雲散林藪戶曹計功歲書上考是皆我公善總其紐民心悅豫國計斯阜神人依公雝喜噎嘔方公在政民不知有及公既代民病疾首今公既往參秉國鈞漕運思公靡間神人公不復來川示肆嗔蟄溺啼號哀哀水濱求如我公敬神勤民如在嚴冬妟希陽春公佐天子番番老臣喉舌翁張民氣用伸豈獨漕民顧解戚顰萬方惠和休祥日臻

長洲縣達魯花赤元童君遺愛碑

高昌直西北為城郭諸國称首其人才出當休明服勤王家大而輔相廊廟小而長貳府縣班班輩出如星麗天可謂蕃盛也已廊廟公輔勳書太史此不必言其散而試諸長二府縣有大小職任有輕重事勢既殊才任亦異槩可推見也已獨長洲舊為平江望縣其以里計未必數倍子男封邑也其以財計未必男盡田女盡蚕也其秋輸粮夏輸絲也粮以石計至三十有萬絲以兩計至八萬四千有畸餘蓋皆略之也使錢鏄盡斸其町疃桑柘盡植其垣塍然後輸公上者乃可以無缺也柰之何閑田惰農與水旱更相病然則其民力如之何而不瘁哉故自昔號為蕪并及今至無塊壤以卓錐無片瓦以覆首者矣其困罷之

極若此而國家兩稅銖龠不可減然則為是縣之長民者上何以逭責下何以逃怨哉故每歲將終大府往往械繫縣長貳俾之督稅不少貸民窮無可償官至質朝所授書糴粟補完弗憚也噫官吏窘若此縣之人當如何哉廼至元仍紀元之元年髙昌元童君來為縣之達魯花赤嘆曰補甚弊支甚廢非殫竭其才智何由集事哉於是日至野次召農父老相高下驗腴瘠謹浚塞厚培糞躬勸其力之稍有餘者出飲食以饁之策勤惰而列之嚴其程役時其賞罰其隄防不敗于水工作不潰于成矣則又課田之瀕江而枕湖者不能必其無風濤之虞也更科以蕩課而民力獲少蘇初至治三年行津助賦役法所謂津助者田畝什抽一以助役二十年間田貿易主屢遷而役悉仍舊殊為民病君考之縣乘驗其消長而均征之君資精明善記憶吏毋

敢欺於是民讙趍事甫及期而粮已告足先是縣理所在郡東北隅縣治既更附大府官即理所舊基而為縣學其實民至綖畜牧佃蔬圃其間君曰今縣學有學官有子弟員而學宮不可以缺者特空名將何以謂之學於是建言大府勸募徽州路儒學教授郡人陸德原捐建禮殿講堂四齋兩廡計為屋若干楹學成慮無以養邑士也復募民捐田以饍學君莅事明聽察明鄉者君嘗同知常熟州民已稱其果斷故於吳習俗悉知之大抵吳俗剽輕而嗜利里胥田主其征粮佃客也寬則緩猛則斷甚至傷支體殘孳息聽訟者不察往往為其所矯誣君既得其情故於征科之際民不慢令粮以時集夫政為於平妥易行之時雖中才無難者惟是甚弊而莫窺其迹甚憊而莫見其隙隱之於將潰匱之於垂敗理之者急則傷於刻緩則流於迂若君之

理長洲譬之用藥鈹膏肓鍼砭既已疏其會俞通其欝滯又若衛生之經攝養之術固君素具而深練者使其久於茲邑生育其人而乳之涵煦其人而撫之則其顛連而痒瘠者且將優游於樂生之域矣無何君以三年告代縣之人逮猶孩子失其慈母弟子失其嚴師其傾企而延望者當如何哉僉曰長洲之學建於君學校公論所自出縣之人念君遺愛而不忘者匪樹石於學則後之來游而來歌者何以知君惠其邑之深及其人之厚也乃相與礱石而請文於予辭不獲庸序如左仍繫之詩曰

泰伯君吴端委初其民伾伾樂方蘇至德渾成与化符彖魚乜首閭争塗沃壤而擅稻蠏區後至射利紛相圖長洲為邑剏之吴考之縣賦天下無疃耕寸織殫其力剝瀝肌髓骨先枯北庭元君至則吁譬醫製劑藥其痛彼豎方執膏肓樞君施芒鍼伐其

隅起傴使直躄使趨謂醫非良亦則誣欺三星霜歲月徂正猶少愈病復加君不我留我孰扶顛連羇窮孰非夫倚君調護保厥軀君方翱翔上天衢　聖皇顧憂民力瘏乞君早登朱轓車激水活我涸轍魚懷恩不忘此其粗俟君侯吳筆屢書用章官程繳其餘

　　亞中大夫海道副萬戸燕只哥公政績碑

國家肇興朔漠族屬之賢出為興王之佐其紀之旂常書之竹帛者蓋已極其盛惟區宇混一垂七十年累聖重熙親親賢賢其所倚任以培丕基以延景運者蓋駸駸然不異萬邦黎獻共惟帝臣之日況於天潢疏派以演迤於無疆覃曆服乎頋惟文昭武穆分食茅土崇大尊榮為萬目瞻睹　奚啻景星燦輝卿雲紓祥益見我朝深仁厚澤固結民心永久而不忘若是耶亞中大夫海

道副萬户燕執哥公實國家族屬之賢自筮仕即為吳長洲縣達魯花赤遞擢兩臺御史湖廣陝西兩省幕府都摠管府總管皆嘗贊畫治政清慎之操忠孝之意日益著聞由是言官交章舉於廷士論交口誦於野遂翕然為世賢大夫人識與不識悉隱然望之為公輔器也今則貳政漕府夫漕運之道取諸海亘古所未聞始 世皇聽海臣之言創法歲每漕東南稻米由海轉饟以達京畿京畿天下人所聚豈皆裹糧以給朝暮縣仰食於海運明矣故其職任之重其臣任之選為尤難其人也初公之令長洲也淅以西吏胥之美惡民俗之習尚與夫貲力之消長蓋已洞知其然今茲之來練歷既多識見弥廣第念有家國天下者蓋無不役之民役其民而驅之以涉天下之至險則無有甚於漕民者列聖審若是屢加憫恤之德音惠護之渥洽歲

須璽書動有矩度然而群有司所掌職靡知大體特務辯給而已鹽筴是也夫鹽主五味漕民當歲運每船計口買官鹽而食比達直沽鹽司慮其私販遣人巡邏然其弊至有預實鹽苞苴中當搜檢時倉皇紛擾默實鹽苞苴指為私販漕民卒莫之辯竟墜其彀中 公乃建言乞中書定議計粮船發期与到日官皆明給據憑庶不罹其擾害糧船既開太倉風順浪平瞬息千里設風濤不測動淹旬朔舟載薪有限而涉險無涯於是取薪海壖凡蒲葦葭菼匪求羸餘俾不乏爨斯足矣而鹽司與之爭以為瀕海草薪官給燒鹽漕民何得藉取至拘囚樵蘇毒刑搒箠公念舟經島嶼非有市苟薪不藉取則幾於不火食雖棼波課急亦不宜如此檢括公亦建言於是漕船薪能續矣夫海運僅虞風濤至於猾寇則未之防自至正元年賊於節竹山沙門島

公然駕舟張旗樹矛戟鳴金鼓挾舟殺人然而漕船罔敢擅設
兵器拱手待斃以葬魚腹公建言國制五兵擅藏者有禁若夫
漕民雖官顧募然實為公既驅涉海乚出萬死一生況重之以
盜戮無辜一何不幸如此哉公力言於朝當春夏海運檄使沿
海分鎮官軍精選才勇善射者預於島嶼巡警清邊比舟發仍
用之護送由是寇盜衰息公每念海運重事必得米之精鑿者
始不敗事夫何有司奉行日失其指當輸粮時守土大吏委之
佐貳官僚已者既難其人漕民交粮一言未悪倉庾奸頑預結
群兇輒肆淩虐將訟曲直則迫以風信日期適當春夏之交日
氣曝於上海氣蒸於下米漸浥腐至直沽群有司每歸罪漕民
伸雪無所至或賣舟糴米貿不能返以故漕民日病公亦抗言
其為害悉以上聞凡此數者皆公佐政漕府挺然為其民請命

若公履歷中外興利除害以事不在漕政故皆不書今公已
代漕運歲ゝ之氓感公矜憂戴公恩德非勒之琬琰則何以寫其
不忘之素心乃裒公國族之懿漕政之美既列其事復繫以詩
於皇世祖奄有九州爰創海運與神為謀萬艘林林卜吉海陬
撾鼓張颿鯨波安流夜瞻北辰是為京邑億兆仰爨縣枵待實
七十年間靡間一日漕政既脩漕民是恤列聖繩武慎選漕臣
金符銀印恩重等倫一歲兩漕以夏以春政久斯圮支柱在人
穆ゝ我公國族之懿中外攸歷成國偉熙來貳漕府民愛吏畏
遇事見明振舉缺墜事既上聞漕民戴公戴公深恩不殊始終
鯨波如山海日吹風計其高深公恩則同今公既代民傒入相
懷公不忘更久加尚刻辭于石式示轉饟於昭億年公名滋暢
海道都漕運萬户府達魯花赤和尚公政績碑

世祖皇帝以聖文神武一天下薄海内外幅員之廣亘萬里有
所不能盡也上皆包之以宏度故能視六合猶一家四海猶一
區於是杭海漕粟以給京師夫天下之名川三百支川三千其
視海猶一川然而風波有不測小或驚危大或傾覆雖智者不
能保也何况於海際天浴日與元氣溟渤相為底裏哉然而世
祖獨運成筭與天為謀開漕運户府於吳六七十年列聖相承
一守成憲而惟致謹以選漕臣故漕臣之長必天下重望其長
才足以任事明智足以燭理廉隅足以厲俗德量足以服人乃
始克勝其任耳愚藉父祖基緒以戎政鎮守吳下凡仕宦之来
才不才賢不肖更三載之久同一城而居未有不悉其人者悉
其人矣而才賢不得言不才不肖不敢言蓋以非戎職所敢與
聞也竊自念朝廷人才出膺大任目擊其賢而恨以職守不得

一言於朝蓋已私自嘆閔若夫其人三歲既代而其政績之美
廉謹之操士誦之民思之鏤之金石播之聲詩者忘其僭而屬
筆焉則非侵官也今　天子即位思繩祖武仍以至元紀元當
元年用浙江道肅政廉訪司使高昌和尚公来為漕運萬户府
達魯花赤夫以憲使之清嚴貴重而乃屈之以督饟運于以見
聖君慎選漕吏當何如哉先是漕府版籍録民貲産造舟載粮
謂之船户論舡户大小載粮多寡官以石給鈔雇募之謂之水
脚錢船户役既久其間貲産不能無消長官率因循不之考吏
得並緣為姦公至稽蒐覈實舡户役均當春夏兩運官給水脚
錢動至數萬緡行中書省歲分宰臣臨莅漕府姦民射利偽濫
百端公嚴敷有司躬為檢閱舡户受雇募之實云先是府吏衆
用儒生吳人僥倖以進者賄屬上下預籍姓名吏牘中公曰漕

府數既東南數十郡豈皆無儒生而獨取於平江遍檄諸郡必
其入有儒之實而后取之至尤慮其非召郡博士試而用之府
屬僚其長貳皆五品謂之千户所吏往往辟諸司縣然多以賂進
公亦如辟府吏法以取其人焉其傭書以佐吏與夫輿皂卒伍
其始不過竊活須臾久而父子兄弟根株蟠結蠧食漕民公坐
堂厲之曰皇上苟非漕府所當設而冒焉趍入者悉捕之由是
漕府爲之一清舡户貲遺之得官水脚錢移償逋負及期舟弊
不任載公許其附載它舟俾無乏事公私稱便江西湖廣諸郡
米歲至於集慶之龍灣漕府撥舡户受其米輸之海船户念漕
海之艱難每大其量爲賫裝費諸郡之人恨其裒取兼是遠客
往往至鬬爭殺傷其禍蓋甚條行省以公嚴重檄公往督之公往
平量正罰人無敢犯今者船户遇風濤固有所不測然姦民或

詐稱覆溺逃匿海島官多不覈實公曰誠遇風濤固當痛心設
欺官掩米亦當詰其[illegible]情由是濱海萬國而人憚威望而不敢
罔也公性剛果日坐漕府嘗有權貴人欲干以私望而逡巡卒
引去公明以燭理人無敢欺才克任事政無少弛德以服人而
聲譽爲益隆若夫廉隅整截清儉自守雖古之廉吏無以過之
漕府長月給俸不過若干緡公既高昌世胄自奉宜優裕然痛
自貶薄衣糲食居處晏如書生寒士此愚所目擊而非傳聞之
妄也公既報政成用至正改元之年廷名公還任以大都路都
總管府達魯花赤繼拜四川陜西兩省參政人謂公英聲茂實
夙德雅望其入相一人以福萬方固世所共擬若夫漕府之政
烏足以究公行事萬分之一哉此世之公言而非愚私已之臆
論也今崇祿大夫行宣政院使　公僑寓吳下嘗因坐語從容

及公曰今官既代去多伐石以紀其美者如公視諸人詎不遠
勝耶予世以兵戎鎮吳而好文學公之美其可泯乎愚自念經
書義理嘗聞于人者雖未悉其奧若夫世之名公卿鑒有善治
詎宜以庸陋而莫詳其實爰敘公漕政之美之實勒之石使國
史後可考復為之詩俾吳民咏歌之蓋國史非民無所據誦之
詩庶幾永公名於不朽也詩曰高昌才英毓公卿多以夙望輔
皇明誰如我公世簪纓持官保身全令名向操憲度錢唐城臧
加秋潮聲不驚一掃貪墨歸澄清東吳漕府控百城鑄銀作印
章皇程黃金虎符絳紱繩愼選重臣示匪輕我公威重世所稱
来莅漕政美績成天吳帖首伏海鯨祥飇送帆濤駛平龍驤萬
艘一羽征總達直沽餉畿甸由公政善皇威靈公既入覲尹神
京輦轂之下有莫劾公能禁止而令行漕民思公鎮懸情引領

北望歲月更顏公富壽而康寧入相天子福蒼生五風十雨百
祿并公息在吳遠益稱鐃諸樂石播徳馨後将有考書汗青

重建路漕天妃宮碑

天地既左海故百川混瀆東南而海之功用遂與天地配然
自陶唐氏以迄于今王者出而御極盖非一人至於宏大之量
包海宇混南北視鯨波萬里猶一堠龍伯九淵猶一舍凌駕溟
渤責成歲功久之無虞如我朝　世祖皇帝者也爰自定都于
燕歲漕東南稻米将由河渠以達畿甸則道里遠而勞費大積
力久而用功多於是納海臣之請斷自宸衷始創海運方其波
平風順一日千里不踰旬日即詣京畿斯實國家享福其蟠地
際天取道於海若執左券交相付然風濤有時不測雖河流之
細猶不免況於海乎設使颶風鼓濤鯨呿鰲抃天跳地掉萬斛

之舟輕於一擲當此之時雖有絶倫智力亦必拱手待斃哀號
籲天吁呼神明救死瞬息粤有天妃肇迹前宋著靈於我邦家
亟揚神光出于艎霧其光曄煜謂之天燈飛泊高桅不令墊覆
舟人稽顙咸稱再生舟遂順濟其靈顯白章章如此於是列聖相
承累加封號爰即江海之要建祠妥靈若夫路漕靈濟宫則尤
典禮尊崇者也盖海舟歲當春夏運畢集劉家港而路漕實當
港之衝故天妃宫之在路漕者顯敞華麗寔甲它祠國家致重
漕饟既開漕府於吳歲每分江浙省宰臣一人督餫當轉漕之
際宰臣必躬率漕臣守臣咸集祠下卜吉于妃既得吉卜然後
敢於港次發舟仍即妃之宫刑馬椎牛致大享禮餼腯牲肥醇
酹甕斟廠羞畢陳絲聲在弦金石間奏咽軋簫管繁吹入雲舞
既歌闋泠風肅然填境虎臣卒徒擢舟揚舲撾鼓鏦金響振川
陸文嚴武齊群拜聽命而後舉由始建宫迄今五十一年矣神
人頎歆歲仍舊章罔敢或怠迺至元仍紀元之五年水齧宫坊
日就虧圮翼宫周廬閘亦頹壓爰歷五祀審以宫迫海潰波濤
浸滛工莫就緒今至正二年江浙行省叅知政事燕山圖魯公
實董餫事漕府以有事于妃宫告公即齋沐登舟弭節祠下顧
瞻宫宇之弛惕憂形色立漕臣於前戒飭之曰朝廷嚴事天妃
絜蠲明誠牲幣器數樂度舞綴悉有攸司載在祀典至於列聖
歲遣近臣錫金函香事事孔誠猶恐弗至今路漕岸坊崩虧若
此夫臣子之於君父每先意承顔尚懼或失顧今豈得自安哉
漕臣對以非遷宫不可而遷宫之費甚繁計無從出爰積漕餘
待中統鈔二萬五千貫計貲量工什裁二三無何劉文明者跽
於庭拱而言曰某常熟所海船户也蒙神庇庥漕海積年衣食

粗給今參政公勵精於上漕府群官盡瘁於下事神恤民可謂至矣欲徙神宮顧以已貲合今漕府鈔悉委其料理洎完畢焉庶幾川后妥靈官政盡美於是公與群僚咸加奬予退而文明相地於神宮之稍西乃徙宮其上土埴燥剛户向高平經搆於是年正月哉二視朔用告落成殿寢言門廡崇梁拱森裔丹雘朗潤凡茲視舊加壯是歲春運達直沽無一少損文明念舊址已圯歲久自非分省明公督責嚴切省幙都事王公慶掾史常時等參賛明敏漕府群公克承公志則是舉也幾何而得就緒哉文明既鑿以紀天妃之聖靈以及官臣之庶績庶幾神人相與取信無窮若夫妃之氏族靈異往往散在傳記故茲不書事既鑱于石復為迎享送神曲以繫之其詞曰瀰為洲南海陬積靈淑生川后兮川后生赫明靈帝爰命尸滄溟兮滄溟大森淼怾既咸若不吾害兮川后來紛雲旗從群龍耀金支兮川后神海若馴廟食懿更千春兮海安流漕政脩實幾甸更千秋兮后靈妥恒福我新宮成璨靈瑣兮后馭旋雲漪川依皇元千萬年兮

元普應國師道行碑

禪自少林指心單傳十一傳而為臨濟玄玄十八傳而為雪巖欽欽當宋之季其道明濬光潔嗣其法者夥矣而獨得一人焉曰高峯妙公妙於欽諸子其得法最先而其道最為卓絕後登天目之西峯見其山高林深便卓錫巖石下書石作死關而居之閱十七暑寒不跬步出外方是時尊教抑禪欽江右名至錢唐授蜜戒欽方遺世子立身巢岩扁目曁雲漢何止空四海於一睫也其大弟子得兩人焉曰斷崖義公曰中峯本公義嗇其用以推揖于本故本公獨以其道為東南末法倡公示寂之十二

年當元統乙亥　天子錫號普應國師仍以師所書曰天目中
峯和尚廣錄三十卷賜之入藏敕詞臣序於書首其徒狀事礱
石請於余曰吾師身棲谷岩名聞廟朝　仁皇嘗製衣降詔一
再遣使入山致禮賜號佛慈圓照廣慧禪師其受業師子院改
陞師子正宗禪寺勅翰林學士承旨吳興趙公撰碑以賜　英
宗繼明寵賚如之逮　文宗臨御師巳入寂賜謚智覺禪師塔
曰法雲之塔〻之序文并銘詩令奎章閣侍書學士青城虞公奉
勅撰恩言寵數可謂至矣然吾大僧自唐以來有封國師者降
及五季亦有尊之為一國之師者然僭竊不足言宋有區域幾
四百祀僧之顯者班〻輩出然未有尊封國師者今吾師遭遇聖
明遂膺褒典自非總其實如唐名僧道行碑則將何以章殊恩
顯異數敢扣首以請余謂名公卿其殁則有碑蓋因公室禮得

用碑以葬子孫因宜而不去遂以銘其德行焉今大沙門尊封
國師其葬雖無窀穴而其名行勒之金石孰曰匪宜謹按行錄
師諱某俗姓孫錢唐人母娠師時夢無門開道者寄籠燈其家
而生師〻生有至性不好弄而好誦梵唄結趺坐髫髻讀論孟未
終卷母喪輟學年十五輙然臂持戒誓向空寂久之閱傳燈錄
有疑志在參決遂登死關見妙公妙髮長不薙衣弊不易孤峭
嚴冷未嘗一啓齒而笑亦未嘗為其徒剃落獨見師即驩然歆
為祝髮蓋亦已知為大器焉久之誦金剛經恍若開解者師自
謂識量疏通於義趣無不融貫然非悟也已而薙染給侍死關
天目於東南諸山最高寒廪粟屋材徼飛輓則莫能至其上師
晝服力役夜事禪定十年脇膚不沾席後於妙言下機旨洞契
妙以其克肖書偈付之師益自晦未嘗以師道自任也然而玉

在山珠在淵其光氣自不可掩况審之以咨決重之以記剏梵
至元間松江瞿霆發施田建寺於蓮花峯號大覺正等禪寺妙
將遷化以寺屬師師辭師毎謂住者必無上大道其力可以開明
人天夙植福縁其力可以蔭結徒衆明智通變其力可以酧酢
事宜故凡住持道為之體而縁與智為之用有其體而鈌其用
雖則化權不周事儀不備猶之可也使無其體而徒倚其用則
雖處衆而衆歸制事而事宜亦不足言矣况三者併鈌而冒焉
尸之者其於因果能無懼乎當五山鈌主席宰執大臣致書幣
屢以為請師皆力辭至於窮厓孤洲草栖浪宿屛遁其跡而避
之然四方學者北殫龍漠南踰六詔西連身毒東極搏桑褁粮
蹻屩萬里奔走而輻輳赴師者逺無虗日南詔僧玄鑒素明敏
觀辯博英發毎曰吾聞大唐有禪宗使審是耶吾將從學設或

未當吾宗易其宗旨而俾趨教觀由其國來一聞師言即悟昔
非洞發源底方圖歸以倡道而歿於中呉鑒之徒畫師像歸國
像出神光燭天南詔遂易教為禪奉師為禪宗第一祖至治三
年春天目山木稼其徒之老異之秋八月甲子師遂入寂即山
之西岡塔其全身未逝前一日遺別其外護并法屬一一皆師手
書是日白虹貫山師世壽六十一僧臘三十七矣余僑客江南
聞師所至四衆傾慕香茗金幣拜禮供養悉成寶坊而師一衲
一簞未嘗屬目入念其豐肌暑月腠腐奉葛衣以袣袢者師一
不以近体他可知已雖屢辭名山以自放於山林江海解縢屩
脫袍笠在處結茆以居一皆名曰幻住蒲團禪板晝作夜絫規
程條章井井森列儀緐慎嚴如臨千衆至於激揚提倡機用翕燿
嬰之者膽喪聞之者意消而其文致則深惟世道降道離諸方

禪者[illegible]佛祖為可痛心每謂其教傳佛心宗單提直指惡有所謂授受哉惡有所謂言語依辭哉故師於其教法欲救其弊而樂其病皆以身先之故師之於物洪纖高下緩急後先拒之而不遺接之而不携人徒見其發於悲願其誠而不知其一一以身教而匪事夫空言也以故當世公卿大夫器識如徐君威卿清慎如鄭君鵬南才藝如趙君子昂一聞師之道固已知敬及接師言容無不歆慕終其身江浙丞相脫驩公宗號嚴重讀師法語便歛衽望拜高麗瀋王以夫屬懿親萬里函香拜禮起謂人曰吾閱人多矣未有如師福德寵勝者獲師開示涕淚感發嗚呼師躬已以究其道豈有毫髮涉世意哉然而其名不行而至其道不言而信自非行戒相應聲實一致永久益章而弗昧者抑亦何以致此哉乃為銘詩傳之其徒昭示不朽若師所著書其目見塔銘茲不贅詩曰天目於山擅宏貴兩峯高盤帝青雲孤禪行坐虎豹群延敵死關駐孤軍神機觸著身火焚濯以甘露洗垢氛有幻一人奪旌旗正令一下千騎馳定目不覩轅門塵摩尼寶王鏃輪時如日始出扶桑枝光雲照耀千須弥崩驕轢赴無中邊百舍重趼走莫前來者駭汗命髮縣幻以鑪錘煮金鉛其出躍冶流炎焔不缺則折非龍泉乃復煆鑄而鍊烹爰肉亦骨死以生醍醐上味投寶瓶藥香珠幢帝網纓一一芬馥而光明問師何由執神樞一切入一亦無餘陰裨國程鞏皇圖天子南面味道腴五朝恩光贊扶輿號尊國師章異恩錫書入藏開蒙昏揭若日月行崑崙又如大海涵乾坤俾人盡證毘耶門正宗的的萬子孫億劫師言永長存

石樓鄭氏先德碑

仁皇帝在潛邸時聿有龔鞠之臣石樓鄭元六備嘗艱勤既正
春宮以其勳舊言于上卽超授中順大夫太子率更令及卽位
累遷資德大夫司農卿時延祐六年也是年秋九月二日上御
鹿頂殿顧謂侍臣曰國家官制予貴而推恩於其親者視予秩
高下以跪恩今鄭某扈從以事朕二紀矣欲以一品恩官其三
世用示特恩以優異於羣臣於是贈其曾祖考翼金紫光祿大
夫上柱國大司徒追封韓國公謚康簡祖考璘加贈純成保德
功臣太保金紫光祿大夫上柱國謚安懿封同顯考濟加贈推
誠濟美功臣太傅開府儀同三司上柱國謚莊僖封同曾祖妣
褚氏祖妣高氏妣段氏皆韓國夫人仍命詞臣代言以章寵數
其戴上恩旣極深重而在廷之臣亦皆歆艷以爲曠代盛典猗
歟休哉謹按石樓之有鄭氏自康簡仕於金官至龍虎衛上將

軍艮夏節度使移鎮晉寧因家焉當時用法嚴峻康簡能以寬
濟猛晉民德之由康簡以上有諱元亨利貞四人俱隱約田里
以終其身元之配薛實生康簡康簡旣起家秉旄節安懿以任
子尹石樓晉旣內附仍用安懿以長尹其鄉邑時兵燹之餘白
骨蔽野數百里之內人烟雞犬無復孑遺而安懿撫綏其凋殘
振蘇其困弊恒呻吟愁歎於壞垣缺甃之下安懿必躬視其有
無時其燠濕均甘苦同勞佚以休息之以故殘民之歸者日漸
有之乃復分其少有餘以濟其甚不足至於孤嫠鰥煢爲之擇
配使有室家鉏犂錢鎛視其利鈍以驗勤惰以故石樓之爲縣
較它邑生齒粗爲完聚逮安僖而不願仕教授於家塾以誨其
邑之人知其積之厚而發之有日勸其姑亦觀光皇都時則仁
廟在京邑長宿衛之臣有與其同里者介之入見其長身踈眉

面目光歘氣宇豐偉俾之言天下事詞意槩然明達於是親遇
日隆後從往覃懷遂贊之以入繼大統一時明良慶會為盛遂
由宮臣登兩府延賞及乎三世自非其前人培植深長何能致
是哉先是某為率更時舉監察御史郭文卿以自副上審其人
某慊然以己不及為對上嘉其不難於自屈至大改元官師府
罷遂陞翰林侍讀學士侍讀必兼知制誥同修國史以所授鈌
之也仁皇自為言于上得可乃已已而還禮部侍郎未幾擢兵部
尚書裁九閱月仁皇詔於朝若曰某既長兵曹任邦政不得如
官僚朝夕進見豈其初執羈靮以從朕於艱危之意哉即加授
昭文館大學士階中奉大夫居無何轉工部尚書遂拜江西行
省參知政事繼改山東道肅政廉訪使將上趣拜資德大夫太
醫院使時仁皇憂各處官貪吏弊民冤政鈌分遣重臣宣布德

音撫安黔黎於是某選自宸衷俾之宣撫甘肅道使還稱旨延
祐三年授政祥院使未幾超拜陝西行省左丞以病在告未上
擢授大司農卿蓋某歷清要出入禁近或一年再擢或僅歲
復除寵數之便蕃恩意之稠疊一時廷臣緊無與儷君子於此
推見之譬則水與木水之發也源不深長其流遇坎而止何以
能百折以東而達于海木之植也根不深厚其枝何以能委翳
而上干霄漢成夫棟梁之具哉予於石樓鄭氏積德鍾慶亦若
是云某既追惟先自高曾以來粗據其槩勒之豐碑又念其伯
州父亦不可泯乞附見焉其諱浦字潤夫者公從叔父也母則
高夫人嘗以軍職從軍南征卒軍中從伯妣賈夫人生一男四
女男諱輔女皆適宦族輔生三男諱智仁勇皆孝友才辯莊僖
字惠夫其行實神道有文茲不贅於乎晉更宋金兵禍連結數

家遺族譜系淪落無所稽正則鄭氏之先由甚之聞于家庭間者若此其不得而聞者又何但於此哉用序如右仍為之銘〻曰

仁皇御宇極盛至隆閭此太平繄誰之功百辟卿士星旋景從爰有宫臣是惟鄭公賛 仁皇入統皇極大明當天溥照萬國公於其間以道賛畫恩意滲濫飛泳動植公貴之驟公寵之赫人皆訝公不究其極其極伊何公之前人能徠攜離能蘇苦辛遂令凋殘漸煦以春積兹厚德其郰可信篤生司農為時楷輔恩覃三葉玄衮大璐几〻赤舄煌〻朱户昭哉旂常以顯恩數石樓之邑山高土深鄭氏有阡松栢陰森紀有先德式如玉金勒兹聲詩以雅以南昭示億年以閶民心

許昌馮氏先塋碑

維馮氏遠有委系其墳墓在真定者蓋不知世數矣其居許下則自處士君始處士至其孫夢獮於今為三世矣昔金之亡河北受兵禍慘其民多南徙圖避而馮氏遂來許處士諱聚与其配師夫人之居許也生子男四人曰信曰玉曰用曰祥用娶郭氏亦生子四人其長即夢獮次夢岩夢得夢周夢獮最知名以中書掾歷諸大府幕僚泰定初朝廷討其伐越之功超拜朝散大夫江浙省理問所理問正被服金紫人咸以為光榮夢獮念郭夫人老矣非躬奉子職不足以盡其心即辭職就養丞相不允而辭愈堅夢周方以湖州歸安尉辟掾浙西憲府亦以養親辭與其孟均侍郭夫人怡愉盡懽當時稱孝養盖推其兄弟云未幾郭夫人棄養吳下奉柩歸葬于許昌服闋至順元年陞授中順大夫湖南道宣慰副使元統三年擢拜嘉議大夫靜江路總管於是 天子推恩於其三世聚贈太中大夫彰德路總管

輕車都尉進封始平郡侯配師氏追封始平郡夫人用贈通議
大夫中書吏部尚書上輕車都尉追封始平郡侯郭夫人封同
夢獬深自惟念馮氏自得姓其間顯晦升沒蓋不知幾世幾人
矣至於其祖考播遷來許依逢䕶建生業知力農以給賦知執
兵以踐更其於譜誌圖牒散亡淪落不暇念其所從來無足恠
矣至於夢獬循官序積年勞秩真二千石何莫非其前人之種
積哉使又晦昧其祖考雖有其先叙不著之文詞不勒之金石
則豈承藉先德以發于其身之謂哉於是龤石墓左乞銘于元
祐且復自致其言曰夢獬四兄弟廑先人教育當至元三十年
先人年五十二而夢獬始冠不幸而先人物故其弟蓋甚幼穉
也郭夫人躬紡織縫紉以字諸孤方是時文儒未大顯用而夢
獬素善用儒術緣飾吏事於是起家入蓄元帥府令史郭夫人

亦就養而南而長弟夢岩嘗為許州管田産提領守許下墳墓
夢得則為季笣長官司吏目其幼夢周亦以海北帥府吏而調
尉安吉今以承直郎而任温州路經歷夢周向嘗馳傳至京師
道真定訪所謂欒城劉村者得高曽以上墟壟蒼藤古木猶有
僅存者河南梁貢士為文以記之夢獬今老矣其始仕也圖以
致養郭夫人及夫人之壽康而後享年八十有二歲累見夢獬
叨忝恩命得累贈先人中順大夫歸德府知府上騎都尉始平
郡伯而老母亦累封至始平郡太君而又及見孫男若干人孫
女若干人烏烏私情獲展終養是皆先世積厚流遠不自享其
榮名而遂發于夢獬顧惟無似恒恐隕墜及今既老而獲歸拜
桒梓𥕢石墓下不慚見鄉里父老是皆先公先夫人教道之篤
而庛績小子何足以當之也哉元祐聞其言而有感焉夫河北

當金季轉死幾盡彰德之來許也夫豈覬望其子孫顯榮若此
方是時尚書君入則致養其親出則耕稼以給公上盖皆朝夕
不暇給亦何自而發于其子哉昔人有言人可以僞而天不可
以僞是雖不章々於人而默々有并於天矣則夫天之報施于
其子人有不得而窺者矣不然何其得於造物者完而遂其志
者果也尚書諸孫名震貢晉者夢獮子也夢獮先娶郭蚤卒生
女一適梁庸々亦早卒繼娶王皆封始平郡夫人震貢王出也而
震早夭夢岩娶張子男顒夢得娶顏子外履夢周始娶張生復
觀繼娶郝生謙豫盖嗚呼厚德之積非一日矣及尚書身殁而
僅見於子今夢獮雖告老於朝而夢周之聲實籍々方繼起其
孫之多又若是天於馮氏厚德之報方來已也是宜為銘々曰
馮遷許昌幾閱星勤身戰耕服民經生居死葬心攸寧有宅在

壓墓在垌桑城北塋庵冥々冢樹尚或連雲青匪不願虞逃兵
刑僑許再世滋德馨爰生佳兒大門庭恩封寵褒侈皇靈奎章
昭回賁泉扃其先營之水泓渟决為河潤勢建瓴其大渾々細
泠々不東注海不暫停徵辭琢石揭之塋章潛闡幽恭勒銘子
孫其昌後千齡殆人於兹毁馮亭德厚必報如律令過者下斷
宜善聽

宜善[illegible]

[illegible]書曰後千[illegible]人[illegible]

[illegible]不東[illegible]

[illegible]

[illegible]

[illegible]

[illegible]

[illegible]

[illegible]

[illegible]

[illegible]

[illegible]

[illegible]

[illegible]

[illegible]

[illegible]